# 序

時代變遷，經典之風采不衰；文化演進，傳統之魅力更著。古人有登高懷遠之慨，今人有探幽訪勝之思。在印刷裝幀技術日新月异的今天，國粹綫裝書的踪迹愈來愈難尋覓，給傾慕傳統的讀書人帶來了不少惆悵和遺憾。我們編印《文華叢書》，實是爲喜好傳統文化的士子提供精神的享受和慰藉。

叢書立意是將傳統文化之精華萃于一編。以内容言，所選均爲經典名著，自諸子百家、詩詞散文以至蒙學讀物、明清小品，咸予收羅，經數年之積纍，已蔚然可觀。以形式言，則采用激光照排，文字大方，版式疏朗，宣紙



精印，綫裝裝幀，讀來令人賞心悦目。同時，爲方便更多的讀者購買，復盡量降低成本、降低定價，好讓綫裝珍品更多地進入尋常百姓人家。

可以想象，讀者于忙碌勞頓之餘，安坐窗前，手捧一册古樸精巧的綫裝書，細細把玩，静静研讀，如沐春風，如品醇釀……此情此景，令人神往。

讀者對于綫裝書的珍愛使我們感受到傳統文化的魅力。近年來，叢書中的許多品種均一再重印。爲方便讀者閱讀收藏，特進行改版，將開本略作調整，擴大成書尺寸，以使版面更加疏朗美觀。相信《文華叢書》會贏得越來越多讀者的喜愛。

有《文華叢書》相伴，可享受高品位的生活。

廣陵書社

# 出版説明

《樂章集》，詞集名，北宋著名詞人柳永著。

柳永，約生于宋太宗雍熙四年（九八七），宋仁宗皇祐五年（一○五三）左右去世。初名三變，後更名永。因排行第七，故又稱柳七。字耆卿，又字景莊。福建崇安人。

祖父柳崇以儒學名世，父柳宜入仕，官至工部侍郎。宜有三子，三變最幼，與兄三復、三接皆負文名，時稱『柳氏三絶』。

柳永少時詞鋒初露。爲舉子時，流連坊曲，多游狎邪，善爲歌辭，樂工



每得新腔，必求永爲詞，始行于世。時宋仁宗標榜『留意儒雅，務本向道』，目柳詞《鶴冲天》『忍把浮名，換了淺斟低酌』，臨軒放榜時奚落之曰：『此人風前月下，好去淺斟低唱，何要浮名？』斥其『薄于操行』，有傷『風雅』。後柳永屢試不第，其間多次漫游，遍歷荆湖、吴越。景祐元年（一○三四）終登進士第，官至屯田員外郎，故世稱『柳屯田』。晚年因作《醉蓬萊》（漸亭皋葉下）而得罪仁宗，流落潤州（今鎮江），後病殁。

柳永雖《宋史》無傳，但在宋詞發展史上留下了濃墨重彩的篇章。《樂章集》中慢詞居十之七八，且詞調多爲獨創的『新聲』，可以説，柳永發展了詞的體制，對慢詞的發展做出了開拓性的貢獻。在内容上，柳永詞作多抒羈旅行役之情，多描寫歌妓生活，亦有對當時社會的繁盛的體

現。柳永詞語言通俗，内容豐富，音律諧婉，在當時及後世都廣泛流傳。時有云：『凡有井水飲處，即能歌柳詞。』黄裳《書〈樂章集〉後》曰：『予觀柳氏樂章，喜其能道嘉祐中太平氣象，如觀杜甫詩，典雅無華，無所不有。是時，予方爲兒，猶想見其風俗，歡聲和氣，洋溢道路之間，動植咸若。令人歌柳詞，聞其聲，聽其詞，如丁斯時，使人慨然所感。嗚呼！太平氣象，柳能一寫于樂章，所謂詞人盛世之黼藻，豈可廢耶？』劉克莊曰：『相君未識陳三面，兒女多知柳三變。』可見柳詞傳播的廣度。

《樂章集》版本衆多。據南宋陳振孫《直齋書録解題》載，《樂章集》三卷，惜今無傳。目前易見的是明吴訥《唐宋名賢百家詞》本、明毛扆汲古閣《宋六十名家詞》叢刻本、清末朱祖謀《彊村叢書》本、唐圭璋《全宋



詞》本等。本書則以《彊村叢書》本爲底本，以《全宋詞》等版本參校。凡异體字、古字一律改用正體字，以便今人閲讀。疏漏之處難免，敬請方家批評指正。

二〇一一年五月

廣陵書社編輯部

# 目録

## 上册

《文華叢書》序……一
出版説明……一

卷上

【正宫】

黄鶯兒（園林晴晝春誰主）……一
玉女摇仙佩（飛瓊伴侣）……二
雪梅香（景蕭索）……三
尾犯（夜雨滴空階）……四
早梅芳（海霞紅）……五
鬥百花（颯颯霜飄鴛瓦）……六
其二（煦色韶光明媚）……七
其三（滿搦宫腰纖細）……八
甘草子（秋暮）……九
其二（秋盡）……九

【中吕宫】

送征衣（過韶陽）……一〇
晝夜樂（洞房記得初相遇）……一一
其二（秀香家住桃花徑）……一二
柳腰輕（英英妙舞腰肢軟）……一三
西江月（鳳額綉簾高卷）……一四

【仙吕宫】

傾杯樂（禁漏花深）……一五
笛家弄（花發西園）……一六

【大石調】

傾杯樂（皓月初圓）……一七
迎新春（嶰管變青律）……一八
曲玉管（隴首雲飛）……一九
滿朝歡（花隔銅壺）……二〇
夢還京（夜來怱怱飲散）……二一
鳳銜杯（有美瑶卿能染翰）……二二
其二（追悔當初孤深願）……二三
鶴冲天（閑窗漏永）……二四
受恩深（雅致裝庭宇）……二五
看花回（屈指勞生百歲期）……二六
其二（玉墄金階舞舜干）……二七
柳初新（東郊向曉星杓亞）……二八
兩同心（嫩臉修蛾）……二九
其二（佇立東風）……三〇
女冠子（斷雲殘雨）……三一
玉樓春（昭華夜醮連清曙）……三二
其二（鳳樓鬱鬱呈嘉瑞）……三三
其三（皇都今夕知何夕）……三四
其四（星闈上筋金章貴）……三五
其五（閬風歧路連銀闕）……三六
金蕉葉（厭厭夜飲平陽第）……三七
惜春郎（玉肌瓊艷新妝飾）……三七
傳花枝（平生自負）……三八

## 卷中

【雙調】


雨霖鈴(寒蟬淒切)……三九
定風波(佇立長堤)……四〇
尉遲杯(寵佳麗)……四一
慢卷紬(閑窗燭暗)……四二
征部樂(雅歡幽會)……四三
佳人醉(暮景蕭蕭雨霽)……四四
迷仙引(才過笄年)……四五
御街行(燔柴烟斷星河曙)……四六
其二(前時小飲春庭院)……四七
歸朝歡(別岸扁舟三兩隻)……四八
采蓮令(月華收)……四九
秋夜月(當初聚散)……五〇
巫山一段雲(六六真游洞)……五一
其二(琪樹羅三殿)……五一
其三(清旦朝金母)……五二
其四(閬苑年華永)……五二
其五(蕭氏賢夫婦)……五三
婆羅門令(昨宵裏)……五四


【小石調】


法曲獻仙音(追想秦樓心事)……五五
西平樂(盡日憑高目)……五六
鳳栖梧(簾內清歌簾外宴)……五七
其二(獨倚危樓風細細)……五八
其三(蜀錦地衣絲步障)……五九







法曲第二(青翼傳情)……六〇
愁蕊香(留不得)……六一
一寸金(井絡天開)……六二


【歇指調】


永遇樂(薰風解慍)……六三
其二(天閣英游)……六四
卜算子(江楓漸老)……六五
鵲橋仙(屆征途)……六六
浪淘沙(夢覺透窗風一綫)……六七
夏雲峰(宴堂深)……六八
浪淘沙令(有個人人)……六九
荔枝香(甚處尋芳賞翠)……七〇


【林鍾商】


古傾杯(凍水消痕)……七一
傾杯(離宴殷勤)……七二
破陣樂(露花倒影)……七三
雙聲子(晚天蕭索)……七四
陽臺路(楚天晚)……七五
內家嬌(煦景朝升)……七六
二郎神(炎光謝)……七七
醉蓬萊(漸亭皋葉下)……七八
宣清(殘月朦朧)……七九
錦堂春(墜髻慵梳)……八〇
定風波(自春來)……八一
訴衷情近(雨晴氣爽)……八二
其二(幽閨晝永)……八三

留客住(偶登眺)……八四
迎春樂(近來憔悴人驚怪)……八五
隔簾聽(咫尺鳳衾鴛帳)……八六
鳳歸雲(戀帝里)……八七
拋球樂(曉來天氣濃淡)……八八
集賢賓(小樓深巷狂游遍)……八九
殢人嬌(當日相逢)……九〇
思歸樂(天幕清和堪宴聚)……九一
應天長(殘蟬漸絶)……九二
合歡帶(身材兒)……九三
少年游(長安古道馬遲遲)……九四
其二(參差烟樹灞陵橋)……九五
其三(層波瀲灔遠山橫)……九五
其四(世間尤物意中人)……九六
其五(淡黄衫子鬱金裙)……九六
其六(鈴齋無訟宴游頻)……九七
其七(簾垂深院冷蕭蕭)……九七
其八(一生贏得是淒凉)……九八
其九(日高花榭懶梳頭)……九八
其十(佳人巧笑值千金)……九九
長相思(畫鼓喧街)……一〇〇
尾犯(晴烟冪冪)……一〇一
木蘭花(心娘自小能歌舞)……一〇二
其二(佳娘捧板花鈿簇)……一〇三
其三(蟲娘舉措皆温潤)……一〇四
其四(酥娘一搦腰肢裊)……一〇五



駐馬聽(鳳枕鸞帷)……一〇六
訴衷情(一聲畫角日西曛)……一〇六

**【中吕調】**

戚氏(晚秋天)……一〇七
輪臺子(一枕清宵好夢)……一〇九
引駕行(虹收殘雨)……一一〇
望遠行(綉幃睡起)……一一一
彩雲歸(蘅皋向晚艤輕航)……一一二
洞仙歌(佳景留心慣)……一一三
離别難(花謝水流倏忽)……一一四
擊梧桐(香靨深深)……一一五
夜半樂(凍雲黯淡天氣)……一一六
祭天神(嘆笑筵歌席輕拋嚲)……一一七
過澗歇近(淮楚)……一一八

**卷下**

**【中吕調】**

安公子(長川波瀲灔)……一一九
菊花新(欲掩香幃論繾綣)……一二〇
過澗歇近(酒醒)……一二一
輪臺子(霧斂澄江)……一二二

**【平調】**

望漢月(明月明月明月)……一二三
歸去來(初過元宵三五)……一二四
燕歸梁(織錦裁篇寫意深)……一二四
八六子(如花貌)……一二五

長壽樂（尤紅殢翠）……一二六
【仙吕調】
望海潮（東南形勝）……一二七
如魚水（輕靄浮空）……一二八
其二（帝里疏散）……一二九
玉蝴蝶（望處雨收雲斷）……一三〇
其二（漸覺芳郊明媚）……一三一
其三（是處小街斜巷）……一三二
其四（誤入平康小巷）……一三三
其五（淡蕩素商行暮）……一三四
滿江紅（暮雨初收）……一三五
其二（訪雨尋雲）……一三六
其三（萬恨千愁）……一三七
其四（匹馬驅驅）……一三八
洞仙歌（乘興閑泛蘭舟）……一三九
引駕行（紅塵紫陌）……一四〇
望遠行（長空降瑞）……一四一
八聲甘州（對瀟瀟暮雨灑江天）……一四二
臨江仙（夢覺小庭院）……一四三
竹馬子（登孤壘荒凉）……一四四
小鎮西（意中有個人）……一四五
小鎮西犯（水鄉初禁火）……一四六
迷神引（一葉扁舟輕帆卷）……一四七
促拍滿路花（香靨融春雪）……一四八
六么令（淡烟殘照）……一四九
剔銀燈（何事春工用意）……一五〇



目録

紅窗聽（如削肌膚紅玉瑩）……一五一
臨江仙（鳴珂碎撼都門曉）……一五二
鳳歸雲（向深秋）……一五三
女冠子（淡烟飄薄）……一五四
玉山枕（驟雨新霽）……一五五
減字木蘭花（花心柳眼）……一五六
木蘭花令（有個人人真堪羨）……一五六
甘州令（凍雲深）……一五七
西施（苧羅妖艷世難偕）……一五八
其二（柳街燈市好花多）……一五九
其三（自從回步百花橋）……一六〇
河傳（翠深紅淺）……一六一
其二（淮岸向晚）……一六二
郭郎兒近（帝里）……一六三
【南吕調】
透碧霄（月華邊）……一六四
木蘭花慢（倚危樓佇立）……一六五
其二（拆桐花爛漫）……一六六
其三（古繁華茂苑）……一六七
臨江仙引（渡口向晚）……一六八
其二（上國去客）……一六九
其三（畫舸蕩槳）……一七〇
瑞鷓鴣（寶髻瑶簪）……一七一
其二（吴會風流）……一七二
憶帝京（薄衾小枕凉天氣）……一七三
【般涉調】

塞孤（一聲雞）……一七四
瑞鷓鴣（天將奇艷與寒梅）……一七五
其二（全吳嘉會古風流）……一七六
洞仙歌（嘉景）……一七七
安公子（遠岸收殘雨）……一七八
其二（夢覺清宵半）……一七九
長壽樂（繁紅嫩翠）……一八〇
【黃鐘羽】
傾杯（水鄉天氣）……一八一
【大石調】
傾杯（金風淡蕩）……一八二
【散水調】
傾杯（鶩落霜洲）……一八三
【黃鐘宮】
鶴沖天（黃金榜上）……一八四
續添曲子
【林鐘商】
木蘭花（翦裁用盡春工意）……一八五
其二（東風催露千嬌面）……一八六
其三（黃金萬縷風牽細）……一八七
【散水調】
傾杯樂（樓鎖輕烟）……一八八
【歇指調】
祭天神（憶綉衾相向輕輕語）……一八九
【平調】



瑞鷓鴣（吹破殘烟入夜風）……一九〇
【中呂調】
歸去來（一夜狂風雨）……一九一
【中呂宮】
梁州令（夢覺窗紗曉）……一九二
【中呂調】
燕歸梁（輕躡羅鞋掩絳綃）……一九三
夜半樂（艷陽天氣）……一九四
【越調】
清平樂（繁華錦爛）……一九五
【中呂調】
迷神引（紅板橋頭秋光暮）……一九六
柳永詞輯佚
爪茉莉（每到秋來）……一九七
十二時（晚晴初）……一九八
紅窗迥（小園東）……一九九
鳳凰閣（忽忽相見）……二〇〇
西江月（師師生得艷冶）……二〇一
西江月（調笑師師最慣）……二〇一
如夢令（郊外綠陰千里）……二〇二
千秋歲（泰階平了）……二〇三
西江月（腹内胎生异錦）……二〇四

# 卷上

## 【正宮】

### 黃鶯兒

園林晴晝春誰主。暖律潛催，幽谷暄和，黃鸝翩翩，乍遷芳樹。觀露濕縷金衣，葉隱如簧語。曉來枝上綿蠻，似把芳心、深意低訴。無據。乍出暖烟來，又趁游蜂去。恣狂踪迹，兩兩相呼，終朝霧吟風舞。當上苑柳穠時，別館花深處。此際海燕偏饒，都把韶光與。



### 玉女摇仙佩

飛瓊伴侶，偶別珠宮，未返神仙行綴。取次梳妝，尋常言語，有得幾多姝麗。擬把名花比。恐旁人笑我，談何容易。細思算、奇葩艷卉，惟是深紅淺白而已。爭如這多情，占得人間，千嬌百媚。須信畫堂綉閣，皓月清風，忍把光陰輕弃。自古及今，佳人才子，少得當年雙美。且恁相偎倚。未消得、憐我多才多藝。願嬭嬭、蘭心蕙性，枕前言下，表余心意。爲盟誓。今生斷不孤鴛被。

## 雪梅香

景蕭索，危樓獨立面晴空。動悲秋情緒，當時宋玉應同。漁市孤烟裊寒碧，水村殘葉舞愁紅。楚天闊，浪浸斜陽，千里溶溶。臨風。想佳麗，別後愁顏，鎮斂眉峰。可惜當年，頓乖雨迹雲踪。雅態妍姿正歡洽，落花流水忽西東。無憀恨、相思意，盡分付征鴻。



## 尾犯

夜雨滴空階，孤館夢回，情緒蕭索。一片閑愁，想丹青難貌。秋漸老、蛩聲正苦，夜將闌、燈花旋落。最無端處，總把良宵，衹恁孤眠却。佳人應怪我，別後寡信輕諾。記得當初，翦香雲爲約。甚時向、幽閨深處，按新詞、流霞共酌。再同歡笑，肯把金玉珠珍博。

## 早梅芳

海霞紅，山烟翠。故都風景繁華地。譙門畫戟，下臨萬井，金碧樓臺相倚。芰荷浦漵，楊柳汀洲，映虹橋倒影，蘭舟飛棹，游人聚散，一片湖光裏。

漢元侯，自從破虜征蠻，峻陟樞庭貴。籌帷厭久，盛年晝錦，歸來吾鄉我里。鈴齋少訟，宴館多歡，未周星，便恐皇家，圖任勛賢，又作登庸計。

## 鬥百花

颯颯霜飄鴛瓦。翠幕輕寒微透。長門深鎖悄悄，滿庭秋色將晚。眼看菊蕊，重陽淚落如珠，長是淹殘粉面。鸞輅音塵遠。

無限幽恨，寄情空殢紈扇。應是帝王，當初怪妾辭輦。陡頓今來，宮中第一妖嬈，却道昭陽飛燕。

## 其二

煦色韶光明媚。輕靄低籠芳樹。池塘淺蘸烟蕪，簾幕閑垂風絮。春困厭厭，拋擲鬥草工夫，冷落踏青心緒。終日扃朱户。 遠恨綿綿，淑景遲遲難度。年少傅粉，依前醉眠何處。深院無人，黄昏乍拆鞦韆，空鎖滿庭花雨。



## 其三

滿搦宫腰纖細。年紀方當笄歲。剛被風流沾惹，與合垂楊雙髻。初學嚴妝，如描似削身材，怯雨羞雲情意。舉措多嬌媚。 爭奈心性，未會先憐佳婿。長是夜深，不肯便入鴛被。與解羅裳，盈盈背立銀釭，却道你但先睡。

## 甘草子

秋暮。亂灑衰荷，顆顆真珠雨。雨過月華生，冷徹鴛鴦浦。池上憑闌愁無侶。奈此個、單栖情緒。却傍金籠共鸚鵡。念粉郎言語。

### 其二

秋盡。葉翦紅綃，砌菊遺金粉。雁字一行來，還有邊庭信。飄散落花清風緊。動翠幕、曉寒猶嫩。中酒殘妝慵整頓。聚兩眉離恨。



**【中呂宮】**

## 送征衣

過韶陽。璿樞電繞，華渚虹流，運應千載會昌。罄寰宇、薦殊祥。吾皇。誕彌月，瑶圖纘慶，玉葉騰芳。并景貺、三靈眷祐，挺英哲、掩前王。遇年年、嘉節清和，頒率土稱觴。

無間要荒華夏，盡萬里、走梯航。彤庭舜張大樂，禹會群方。鵷行。望上國，山呼鰲抃，遥爇爐香。竟就日、瞻雲獻壽，指南山、等無疆。願巍巍、寶曆鴻基，齊天地遥長。

## 晝夜樂

洞房記得初相遇。便只合、長相聚。何期小會幽歡，變作離情別緒。況值闌珊春色暮。對滿目、亂花狂絮。直恐好風光，盡隨伊歸去。

一場寂寞憑誰訴。算前言、總輕負。早知恁地難拚，悔不當時留住。其奈風流端正外，更別有、繫人心處。一日不思量，也攢眉千度。



## 其二

秀香家住桃花徑。算神仙、才堪并。層波細翦明眸，膩玉圓搓素頸。愛把歌喉當筵逞。遏天邊、亂雲愁凝。言語似嬌鶯，一聲聲堪聽。

洞房飲散簾幃靜。擁香衾、歡心稱。金爐麝裊青烟，鳳帳燭搖紅影。無限狂心乘酒興。這歡娛、漸入嘉景。猶自怨鄰雞，道秋宵不永。

## 柳腰輕

英英妙舞腰肢軟。章臺柳、昭陽燕。錦衣冠蓋，綺堂筵會，是處千金爭選。顧香砌、絲管初調，倚輕風、珮環微顫。　乍入霓裳促遍。逞盈盈、漸催檀板。慢垂霞袖，急趨蓮步，進退奇容千變。算何止、傾國傾城，暫回眸、萬人腸斷。



## 西江月

鳳額綉簾高卷，獸鐶朱户頻搖。兩竿紅日上花梢，春睡厭厭難覺。　好夢狂隨飛絮，閑愁濃勝香醪。不成雨暮與雲朝，又是韶光過了。

## 【仙呂宮】

### 傾杯樂

禁漏花深，綉工日永，蕙風布暖。變韶景、都門十二，元宵三五，銀蟾光滿。連雲複道凌飛觀。聳皇居麗，嘉氣瑞烟葱蒨。翠華宵幸，是處層城閬苑。　龍鳳燭、交光星漢。對咫尺鰲山開雉扇。會樂府、兩籍神仙，梨園四部弦管。向曉色、都人未散，盈萬井、山呼鰲抃。願歲歲，天仗裏、常瞻鳳輦。



### 笛家弄

花發西園，草薰南陌，韶光明媚，乍晴輕暖清明後。水嬉舟動，禊飲筵開，銀塘似染，金堤如綉。是處王孫，幾多游妓，往往携纖手。遣離人、對嘉景，觸目傷懷，盡成感舊。　別久。帝城當日，蘭堂夜燭，百萬呼盧，畫閣春風，十千沽酒。未省、宴處能忘管弦，醉裏不尋花柳。豈知秦樓，玉簫聲斷，前事難重偶。空遺恨，望仙鄉，一晌消凝，泪沾襟袖。

【大石調】

## 傾杯樂

皓月初圓，暮雲飄散，分明夜色如晴晝。漸消盡、醺醺殘酒。危閣迥、凉生襟袖。追舊事、一晌凭闌久。如何媚容艷態，抵死孤歡偶。朝思暮想，自家空恁添清瘦。　算到頭、誰與伸剖。向道我別來，爲伊牽繫，度歲經年，偷眼覷、也不忍覷花柳。可惜恁、好景良宵，未曾略展雙眉暫開口。問甚時與你，深憐痛惜還依舊。



## 迎新春

嶰管變青律，帝里陽和新布。晴景回輕煦。慶嘉節、當三五。列華燈、千門萬户。遍九陌、羅綺香風微度。十里然絳樹。鰲山聳、喧天簫鼓。　漸天如水，素月當午。香徑裏、絶纓擲果無數。更闌燭影花陰下，少年人、往往奇遇。太平時、朝野多歡民康阜。隨分良聚。堪對此景，争忍獨醒歸去。

## 曲玉管

隴首雲飛，江邊日晚，烟波滿目凭闌久。立望關河蕭索，千里清秋。忍凝眸。杳杳神京，盈盈仙子，別來錦字終難偶。斷雁無憑，冉冉飛下汀洲。思悠悠。

暗想當初，有多少、幽歡佳會，豈知聚散難期，翻成雨恨雲愁。阻追游。每登山臨水，惹起平生心事，一場消黯，永日無言，却下層樓。



## 滿朝歡

花隔銅壺，露晞金掌，都門十二清曉。帝里風光爛漫，偏愛春杪。烟輕晝永，引鶯囀上林，魚游靈沼。巷陌乍晴，香塵染惹，垂陽芳草。

因念秦樓彩鳳，楚觀朝雲，往昔曾迷歌笑。別來歲久，偶憶歡盟重到。人面桃花，未知何處，但掩朱扉悄悄。盡日佇立無言，贏得淒涼懷抱。

## 夢還京

夜來忽忽飲散，欹枕背燈睡。酒力全輕，醉魂易醒，風揭簾櫳，夢斷披衣重起。悄無寐。

追悔當初，綉閣話別太容易。日許時、猶阻歸計。甚況味。旅館虛度殘歲。想嬌媚。那裏獨守鴛幃靜，永漏迢迢，也應暗同此意。

## 鳳銜杯

有美瑤卿能染翰。千里寄、小詩長簡。想初襞苔箋，旋揮翠管紅窗畔。漸玉箸、銀鉤滿。

錦囊收，犀軸卷。常珍重、小齋吟玩。更寶若珠璣，置之懷袖時時看。似頻見、千嬌面。

### 其二

追悔當初孤深願。經年價、兩成幽怨。任越水吴山，似屏如障堪游玩。奈獨自、慵擡眼。　賞烟花，聽弦管。圖歡笑、轉加腸斷。更時展丹青，强拈書信頻頻看。又争似、親相見。

### 鶴沖天

閑窗漏永，月冷霜華墮。悄悄下簾幕，殘燈火。再三追往事，離魂亂、愁腸鎖。無語沈吟坐。好天好景，未省展眉則個。　從前早是多成破。何況經歲月，相抛嚲。假使重相見，還得似、舊時麽。悔恨無計那。迢迢良夜，自家只恁摧挫。

## 受恩深

雅致裝庭宇。黃花開淡泞。細香明艷盡天與。助秀色堪餐，向曉自有真珠露。剛被金錢妒。擬買斷秋天，容易獨步。

粉蝶無情蜂已去。要上金尊，惟有詩人曾許。待宴賞重陽，恁時盡把芳心吐。陶令輕回顧。免憔悴東籬，冷烟寒雨。

## 看花回

屈指勞生百歲期，榮瘁相隨。利牽名惹逡巡過，奈兩輪、玉走金飛。紅顏成白髮，極品何爲。

塵事常多雅會稀，忍不開眉。畫堂歌管深深處，難忘酒盞花枝。醉鄉風景好，携手同歸。

## 其二

玉城金階舞舜干，朝野多歡。九衢三市風光麗，正萬家、急管繁弦。鳳樓臨綺陌，嘉氣非烟。

雅俗熙熙物態妍，忍負芳年。笑筵歌席連昏晝，任旗亭、斗酒十千。賞心何處好，惟有尊前。

## 柳初新

東郊向曉星杓亞，報帝里、春來也。柳擡烟眼，花勻露臉，漸覺緑嬌紅姹。妝點層臺芳榭。運神功、丹青無價。

別有堯階試罷，新郎君、成行如畫。杏園風細，桃花浪暖，競喜羽遷鱗化。遍九陌、相將游冶。聚香塵、寶鞍驕馬。

## 兩同心

嫩臉修蛾，淡勻輕掃。最愛學、宮體梳妝，偏能做、文人談笑。綺筵前、舞燕歌雲，別有輕妙。　飲散玉爐烟裊，洞房悄悄。錦帳裏、低語偏濃，銀燭下、細看俱好。那人人，昨夜分明，許伊偕老。

## 其二

伫立東風，斷魂南國。花光媚、春醉瓊樓，蟾彩迥、夜游香陌。憶當時、酒戀花迷，役損詞客。　別有眼長腰搦，痛憐深惜。鴛會阻、夕雨凄飛，錦書斷、暮雲凝碧。想別來，好景良時，也應相憶。

## 女冠子

斷雲殘雨。灑微涼、生軒户。動清籟、蕭蕭庭樹。銀河濃淡，華星明滅，輕雲時度。莎階寂静無睹。幽蛩切切秋吟苦。疏篁一徑，流螢幾點，飛來又去。

對月臨風，空恁無眠耿耿，暗想舊日牽情處。綺羅叢裏，有人人、那回飲散，略曾偕鴛侶。因循忍便睽阻，相思不得長相聚。好天良夜，無端惹起，千愁萬緒。



## 玉樓春

昭華夜醮連清曙。金殿霓旌籠瑞霧。九枝擎燭燦繁星，百和焚香抽翠縷。

香羅薦地延真馭。萬乘凝旒聽秘語。卜年無用考靈龜，從此乾坤齊曆數。

其二

鳳樓鬱鬱呈嘉瑞。降聖覃恩延四裔。醮臺清夜洞天嚴，公讌凌晨簫鼓沸。　保生酒勸椒香膩。延壽帶垂金縷細。幾行鵷鷺望堯雲，齊共南山呼萬歲。

其三

皇都今夕知何夕。特地風光盈綺陌。金絲玉管咽春空，蠟炬蘭燈燒曉色。　鳳樓十二神仙宅。珠履三千鵷鷺客。金吾不禁六街游，狂殺雲踪并雨迹。

## 其四

星闈上笏金章貴。重委外臺疏近侍。百常天閣舊通班，九歲國儲新上計。

太倉日富中邦最。宣室夜思前席對。歸心怡悅酒腸寬，不泛千鍾應不醉。

## 其五

閬風歧路連銀闕。曾許金桃容易竊。烏龍未睡定驚猜，鸚鵡多言防漏泄。

怱怱縱得鄰香雪，窗隔殘烟簾映月。别來也擬不思量，争奈餘香猶未歇。

## 金蕉葉

厭厭夜飲平陽第。添銀燭、旋呼佳麗。巧笑難禁，艷歌無間聲相繼。準擬幕天席地。　金蕉葉泛金波齊，未更闌、已盡狂醉。就中有個風流，暗向燈光底。惱遍兩行珠翠。

## 惜春郎

玉肌瓊艷新妝飾。好壯觀歌席。潘妃寶釧，阿嬌金屋，應也消得。　屬和新詞多俊格。敢共我勍敵。恨少年、枉費疏狂，不早與伊相識。



## 傳花枝

平生自負，風流才調。口兒里、道知張陳趙。唱新詞，改難令，總知顛倒。解刷扮，能哄嗽，表裏都峭。每遇著、飲席歌筵，人人盡道。可惜許老了。　閻羅大伯曾教來，道人生、但不須煩惱。遇良辰，當美景，追歡買笑。剩活取百十年，只恁厮好。若限滿、鬼使來追，待倩個、掩通著到。

# 卷中

## 【雙調】

### 雨霖鈴

寒蟬凄切，對長亭晚，驟雨初歇。都門帳飲無緒，留戀處、蘭舟催發。執手相看泪眼，竟無語凝噎。念去去、千里烟波，暮靄沈沈楚天闊。

多情自古傷離別，更那堪、冷落清秋節。今宵酒醒何處，楊柳岸、曉風殘月。此去經年，應是良辰好景虚設。便縱有、千種風情，更與何人說。

### 定風波

伫立長堤，淡蕩晚風起。驟雨歇、極目蕭疏，塞柳萬株，掩映箭波千里。走舟車向此，人人奔名競利。念蕩子、終日驅驅，争覺鄉關轉迢遞。

何意。繡閣輕抛，錦字難逢，等閑度歲。奈泛泛旅迹，厭厭病緒，邇來諳盡，宦游滋味。此情懷、縱寫香箋，憑誰與寄。算孟光、争得知我，繼日添憔悴。

## 尉遲杯

寵佳麗。算九衢、紅粉皆難比。天然嫩臉修蛾，不假施朱描翠。盈盈秋水。恣雅態、欲語先嬌媚。每相逢、月夕花朝，自有憐才深意。

綢繆鳳枕鴛被。深深處、瓊枝玉樹相倚。困極歡餘，芙蓉帳暖，別是惱人情味。風流事、難逢雙美。況已斷、香雲爲盟誓。且相將、共樂平生，未肯輕分連理。

## 慢卷紬

閑窗燭暗，孤幃夜永，欹枕難成寐。細屈指尋思，舊事前歡，都來未盡，平生深意。到得如今，萬般追悔，空只添憔悴。對好景良辰，皺著眉兒，成甚滋味。

紅茵翠被。當時事、一一堪垂泪。怎生得依前，似恁偎香倚暖，抱著日高猶睡。算得伊家，也應隨分，煩惱心兒裏。又爭似從前，淡淡相看，免恁牽繫。

## 征部樂

雅歡幽會，良辰可惜虛拋擲。每追念、狂蹤舊迹，長祇恁、愁悶朝夕。憑誰去、花衢覓，細說此中端的。道向我、轉覺厭厭，役夢勞魂苦相憶。

須知最有，風前月下，心事始終難得。但願我、蟲蟲心下，把人看待，長似初相識。況漸逢春色，便是有、舉場消息。待這回、好好憐伊，更不輕離拆。

## 佳人醉

暮景蕭蕭雨霽，雲淡天高風細。正月華如水，金波銀漢，瀲灩無際。冷浸書帷夢斷，却披衣重起。臨軒砌。

素光遥指。因念翠蛾，杳隔音塵何處，相望同千里。儘凝睇，厭厭無寐，漸曉雕闌獨倚。

## 迷仙引

才過笄年，初綰雲鬟，便學歌舞。席上尊前，王孫隨分相許。算等閑、酬一笑，便千金慵覷。常祇恐、容易蕣華偷換，光陰虛度。

已受君恩顧，好與花爲主。萬里丹霄，何妨携手同歸去。永弃却、烟花伴侶。免教人見妾，朝雲暮雨。

## 御街行

燔柴烟斷星河曙，寶輦回天步。端門羽衛簇雕闌，六樂舜韶先舉。鶴書飛下，鷄竿高聳，恩霈均寰宇。

赤霜袍爛飄香霧，喜色成春煦。九儀三事仰天顏，八彩旋生眉宇。椿齡無盡，蘿圖有慶，常作乾坤主。

## 其二

前時小飲春庭院，悔放笙歌散。歸來中夜酒醺醺，惹起舊愁無限。雖看墜樓換馬，争奈不是鴛鴦伴。　朦朧暗想如花面，欲夢還驚斷。和衣擁被不成眠，一枕萬回千轉。惟有畫梁，新來雙燕，徹曙聞長嘆。

## 歸朝歡

別岸扁舟三兩隻。葭葦蕭蕭風淅淅。沙汀宿雁破烟飛，溪橋殘月和霜白。漸漸分曙色。路遥山遠多行役。往來人，隻輪雙槳，盡是利名客。　一望鄉關烟水隔。轉覺歸心生羽翼。愁雲恨雨兩牽縈，新春殘臘相催逼。歲華都瞬息。浪萍風梗誠何益。歸去來，玉樓深處，有個人相憶。

## 采蓮令

月華收，雲淡霜天曙。西征客、此時情苦。翠娥執手送臨岐，軋軋開朱户。千嬌面、盈盈佇立，無言有泪，斷腸爭忍回顧。 一葉蘭舟，便恁急槳凌波去。貪行色、豈知離緒。萬般方寸，但飲恨，脉脉同誰語。更回首、重城不見，寒江天外，隱隱兩三烟樹。



## 秋夜月

當初聚散，便喚作、無由再逢伊面。近日來、不期而會重歡宴。向尊前、閑暇裏，斂著眉兒長嘆。惹起舊愁無限。 盈盈泪眼，漫向我耳邊，作萬般幽怨。奈你自家心下，有事難見。待信真個，恁別無縈絆。不免收心，共伊長遠。

## 巫山一段雲

六六真游洞，三三物外天。九班麟穩破非烟，何處按雲軒。　昨夜麻姑陪宴，又話蓬萊清淺。幾回山脚弄雲濤，彷彿見金鰲。

### 其二

琪樹羅三殿，金龍抱九關。上清真籍總群仙，朝拜五雲間。　昨夜紫微詔下，急喚天書使者。令賫瑶檢降彤霞，重到漢皇家。

### 其三

清旦朝金母，斜陽醉玉龜。天風摇曳六銖衣，鶴背覺孤危。　貪看海蟾狂戲，不道九關齊閉。相將何處寄良宵，還去訪三茅。

### 其四

閬苑年華永，嬉游别是情。人間三度見河清，一番碧桃成。　金母忍將輕摘，留宴鰲峰真客。紅狵閑卧吠斜陽，方朔敢偷嘗。

## 其五

蕭氏賢夫婦，茅家好弟兄。羽輪飆駕赴層城，高會盡仙卿。　一曲雲謡爲壽，倒盡金壺碧酒。醺酣争撼白榆花，踏碎九光霞。

## 婆羅門令

昨宵裏、恁和衣睡，今宵裏、又恁和衣睡。小飲歸來，初更過、醺醺醉。中夜後、何事還驚起。霜天冷，風細細。觸疏窗、閃閃燈摇曳。

空床展轉重追想，雲雨夢、任攲枕難繼。寸心萬緒，咫尺千里。好景良天，彼此空有相憐意。未有相憐計。

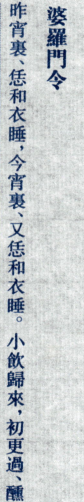

【小石調】

## 法曲獻仙音

追想秦樓心事，當年便約，于飛比翼。每恨臨歧處，正携手、翻成雲雨離拆。念倚玉偎香，前事頓輕擲。

慣憐惜。饒心性，鎮厭厭多病，柳腰花態嬌無力。早是乍清減，别後忍教愁寂。記取盟言，少孜煎、剩好將息。遇佳景、臨風對月，事須時恁相憶。



## 西平樂

盡日憑高目，脉脉春情緒。嘉景清明漸近，時節輕寒乍暖，天氣才晴又雨。烟光淡蕩，妝點平蕪遠樹。黯凝伫。臺榭好、鶯燕語。

正是和風麗日，幾許繁紅嫩緑，雅稱嬉游去。奈阻隔、尋芳伴侶。秦樓鳳吹，楚館雲約，空悵望、在何處。寂寞韶華暗度。可堪向晚，村落聲聲杜宇。

## 鳳栖梧

簾内清歌簾外宴。雖愛新聲，不見如花面。牙板數敲珠一串，梁塵暗落琉璃盞。　桐樹花聲孤鳳怨。漸遏遙天，不放行雲散。坐上少年聽不慣，玉山未倒腸先斷。

## 其二

獨倚危樓風細細。望極春愁，黯黯生天際。草色烟光殘照裏，無言誰會憑闌意。　擬把疏狂圖一醉。對酒當歌，强樂還無味。衣帶漸寬終不悔，爲伊消得人憔悴。

## 其三

蜀錦地衣絲步障。屈曲回廊，静夜閑尋訪。玉砌雕闌新月上，朱扉半掩人相望。　旋暖熏爐温斗帳。玉樹瓊枝，迤邐相偎傍。酒力漸濃春思蕩，鴛鴦綉被翻紅浪。

## 法曲第二

青翼傳情，香徑偷期，自覺當初草草。未省同衾枕，便輕許相將，平生歡笑。怎生向、人間好事到頭少。漫悔懊。　細追思，恨從前容易，致得恩愛成煩惱。心下事千種，盡憑音耗。以此縈牽，等伊來、自家向道。洎相見，喜歡存問，又還忘了。

## 愁蕊香

留不得。光陰催促，奈芳蘭歇，好花謝，惟頃刻。彩雲易散琉璃脆，驗前事端的。

風月夜，幾處前蹤舊迹。忍思憶。這回望斷，永作天涯隔。向仙島，歸冥路，兩無消息。

## 一寸金

井絡天開，劍嶺雲横控西夏。地勝异、錦里風流，蠶市繁華，簇簇歌臺舞榭。雅俗多游賞，輕裘俊、靚妝艷冶。當春晝，摸石江邊，浣花溪畔景如畫。

夢應三刀，橋名萬里，中和政多暇。仗漢節、攬轡澄清。高掩武侯勛業，文翁風化。台鼎須賢久，方鎮静、又思命駕。空遺愛，兩蜀三川，异日成嘉話。

**【歇指調】**

## 永遇樂

薰風解愠，晝景清和，新霽時候。火德流光，蘿圖薦祉，累慶金枝秀。璿樞繞電，華渚流虹，是日挺生元后。纘唐虞垂拱，千載應期，萬靈敷祐。

殊方异域，爭貢琛賮，架巘航波奔凑。三殿稱觴，九儀就列，韶護鏘金奏。藩侯瞻望彤庭，親携僚吏，競歌元首。視堯齡、北極齊尊，南山共久。



## 其二

天閣英游，内朝密侍，當世榮遇。漢守分麾，堯庭請瑞，方面憑心膂。風馳千騎，雲擁雙旌，向曉洞開嚴署。擁朱幡、喜色歡聲，處處競歌來暮。

吴王舊國，今古江山秀异，人烟繁富。甘雨車行，仁風扇動，雅稱安黎庶。棠郊成政，槐府登賢，非久定須歸去。且乘閑、孫閣長開，融尊盛舉。

## 卜算子

江楓漸老，汀蕙半凋，滿目敗紅衰翠。楚客登臨，正是暮秋天氣。引疏砧、斷續殘陽裏。對晚景、傷懷念遠，新愁舊恨相繼。脉脉人千里。念兩處風情，萬重烟水。雨歇天高，望斷翠峰十二。儘無言、誰會憑高意。縱寫得、離腸萬種，奈歸雲誰寄。







## 鵲橋仙

屆征途，携書劍，迢迢匹馬東去。慘離懷，嗟少年、易分難聚。佳人方恁繾綣，便忍分鴛侶。當媚景，算密意幽歡，盡成輕負。此際寸腸萬緒。慘愁顔、斷魂無語。和泪眼、片時幾番回顧。傷心脉脉誰訴。但黯然凝佇。暮烟寒雨。望秦樓何處。

## 浪淘沙

夢覺透窗風一綫，寒燈吹息。那堪酒醒，又聞空階，夜雨頻滴。嗟因循、久作天涯客。負佳人、幾許盟言，便忍把、從前歡會，陡頓翻成憂戚。　愁極。再三追思，洞房深處，幾度飲散歌闌，香暖鴛鴦被。豈暫時疏散，費伊心力。殢雲尤雨，有萬般千種，相憐相惜。　恰到如今，天長漏永，無端自家疏隔。知何時、却擁秦雲態，願低幃昵枕，輕輕細説與，江鄉夜夜，數寒更思憶。

## 夏雲峰

宴堂深。軒楹雨，輕壓暑氣低沉。花洞彩舟泛斝，坐繞清潯。楚臺風快，湘簟冷、永日披襟。坐久覺、疏弦脆管，時換新音。　越娥蘭態蕙心。逞妖艷、昵歡邀寵難禁。筵上笑歌間發，舄履交侵。醉鄉深處，須盡興、滿酌高吟。向此免、名韁利鎖，虚費光陰。

## 浪淘沙令

有個人人。飛燕精神。急鏘環佩上華裀。促拍盡隨紅袖舉，風柳腰身。　簌簌輕裙。妙盡尖新。曲終獨立斂香塵。應是西施嬌困也，眉黛雙顰。

## 荔枝香

甚處尋芳賞翠，歸去晚。緩步羅襪生塵，來繞瓊筵看。金縷霞衣輕褪，似覺春游倦。遥認，衆裏盈盈好身段。　擬回首，又佇立、簾幃畔。素臉紅眉，時揭蓋頭微見。笑整金翹，一點芳心在嬌眼。王孫空恁腸斷。

【林鍾商】

## 古傾杯

凍水消痕，曉風生暖，春滿東郊道。遲遲淑景，烟和露潤，偏繞長堤芳草。斷鴻隱隱歸飛，江天杳杳。遙山變色，妝眉淡掃。目極千里，閑倚危檣迥眺。

動幾許、傷春懷抱，念何處、韶陽偏早。想帝里看看，名園芳樹，爛漫鶯花好。追思往昔年少。繼日恁、把酒聽歌，量金買笑。別後暗負，光陰多少。





## 傾杯

離宴殷勤，蘭舟凝滯，看看送行南浦。情知道世上，難使皓月長圓，彩雲鎮聚。算人生、悲莫悲于輕別，最苦正歡娛，便分鴛侶。淚流瓊臉，梨花一枝春帶雨。

慘黛蛾、盈盈無緒。共黯然消魂，重携纖手，話別臨行，猶自再三、問道君須去。頻耳畔低語。知多少、他日深盟，平生丹素。從今盡把憑鱗羽。

## 破陣樂

露花倒影，烟蕪蘸碧，靈沼波暖。金柳搖風樹樹，繫彩舫龍舟遥岸。千步虹橋，參差雁齒，直趨水殿。繞金堤、曼衍魚龍戲，簇嬌春羅綺，喧天絲管。霽色榮光，望中似睹，蓬萊清淺。　時見。鳳輦宸游，鸞觴禊飲，臨翠水、開鎬宴。兩兩輕舠飛畫檝，競奪錦標霞爛。罄歡娱，歌魚藻，徘徊宛轉。别有盈盈游女，各委明珠，争收翠羽，相將歸遠。漸覺雲海沈沈，洞天日晚。

## 雙聲子

晚天蕭索，斷蓬踪迹，乘興蘭棹東游。三吴風景，姑蘇臺榭，牢落暮靄初收。夫差舊國，香徑没、徒有荒丘。繁華處，悄無睹，惟聞麋鹿呦呦。　想當年、空運籌決戰，圖王取霸無休。江山如畫，雲濤烟浪，翻輪范蠡扁舟。驗前經舊史，嗟漫載、當日風流。斜陽暮草茫茫，盡成萬古遺愁。

## 陽臺路

楚天晚。墜冷楓敗葉，疏紅零亂。冒征塵、匹馬驅驅，愁見水遙山遠。追念少年時，正恁鳳幃，倚香偎暖。嬉游慣。又豈知、前歡雲雨分散。　此際空勞回首，望帝里、難收泪眼。暮烟衰草，算暗鎖、路歧無限。今宵又、依前寄宿，甚處葦村山館。寒燈畔。夜厭厭、憑何消遣。

## 內家嬌

煦景朝升，烟光晝斂，疏雨夜來新霽。垂楊艷杏，絲軟霞輕，綉出芳郊明媚。處處踏青鬥草，人人眷紅偎翠。奈少年自有、新愁舊恨，消遣無計。　帝里。風光當此際。正好恁携佳麗，阻歸程迢遞。奈好景難留，舊歡頓弃。早是傷春情緒，那堪困人天氣。但贏得、獨立高原，斷魂一餉凝睇。

## 二郎神

炎光謝。過暮雨、芳塵輕灑。乍露冷風清庭户，爽天如水，玉鈎遥挂。應是星娥嗟久阻，叙舊約、飆輪欲駕。極目處、微雲暗度，耿耿銀河高瀉。

閑雅。須知此景，古今無價。運巧思、穿針樓上女，擡粉面、雲鬟相亞。鈿合金釵私語處，算誰在、回廊影下。願天上人間，占得歡娱，年年今夜。



## 醉蓬萊

漸亭皋葉下，隴首雲飛，素秋新霽。華闕中天，鎖葱葱佳氣。嫩菊黄深，拒霜紅淺，近寶階香砌。玉宇無塵，金莖有露，碧天如水。

正值升平，萬幾多暇，夜色澄鮮，漏聲迢遞。南極星中，有老人呈瑞。此際宸游，鳳輦何處，度管弦清脆。太液波翻，披香簾捲，月明風細。

## 宣清

殘月朦朧，小宴闌珊，歸來輕寒凜凜。背銀釭、孤館乍眠，擁重衾、醉魄猶噤。永漏頻傳，前歡已去，離愁一枕。暗尋思、舊追游，神京風物如錦。

念擲果朋儕，絕纓宴會，當時曾痛飲。命舞燕翩翻，歌珠貫串，向玳筵前，盡是神仙流品。至更闌、疏狂轉甚，更相將、鳳幃鴛寢。玉釵亂橫，任散盡高陽，這歡娛、甚時重恁。

## 錦堂春

墜髻慵梳，愁蛾懶畫，心緒是事闌珊。覺新來憔悴，金縷衣寬。認得這疏狂意下，向人誚譬如閑。把芳容整頓，恁地輕孤，爭忍心安。

依前過了舊約，甚當初賺我，偷翦雲鬟。幾時得歸來，香閣深關。待伊要、尤雲殢雨，纏繡衾、不與同歡。儘更深、款款問伊，今後敢更無端。

## 定風波

自春來、慘緑愁紅，芳心是事可可。日上花梢，鶯穿柳帶，猶壓香衾卧。暖酥消，膩雲嚲。終日厭厭倦梳裹。無那。恨薄情一去，錦書無個。

早知恁麽。悔當初、不把雕鞍鎖。向鷄窗只與，蠻箋象管，拘束教吟課。鎮相隨，莫拋躲。針綫閑拈伴伊坐。和我。免使年少，光陰虛過。



## 訴衷情近

雨晴氣爽，伫立江樓望處。澄明遠水生光，重疊暮山聳翠。遥認斷橋幽徑，隱隱漁村，向晚孤烟起。

殘陽裏。脉脉朱闌静倚。黯然情緒，未飲先如醉。愁無際。暮雲過了，秋光老盡，故人千里。竟日空凝睇。

## 其二

幽閨晝永，漸入清和氣序。榆錢飄滿閑階，蓮葉嫩生翠沼。遥望水邊幽徑，山崦孤村，是處園林好。　閑情悄。綺陌游人漸少。少年風韵，自覺隨春老。追前好。帝城信阻，天涯目斷，暮雲芳草。佇立空殘照。



## 留客住

偶登眺。憑小闌、艷陽時節，乍晴天氣，是處閑花芳草。遥山萬叠雲散，漲海千里，潮平波浩渺。烟村院落，是誰家緑樹，數聲啼鳥。　旅情悄。遠信沈沈，離魂杳杳。對景傷懷，度日無言誰表。惆悵舊歡何處，後約難憑，看看春又老。盈盈泪眼，望仙鄉，隱隱斷霞殘照。

## 迎春樂

近來憔悴人驚怪。爲別後、相思煞。我前生、負你愁煩債。便苦恁難開解。

良夜永、牽情無計奈。錦被裏、餘香猶在。怎得依前燈下，恣意憐嬌態。

## 隔簾聽

咫尺鳳衾鴛帳，欲去無因到。鰕鬚窣地重門悄。認綉履頻移，洞房杳杳。强語笑。逞如簧、再三輕巧。

梳妝早。琵琶閑抱，愛品相思調。聲聲似把芳心告。隔簾聽，贏得斷腸多少。恁煩惱。除非共伊知道。

## 鳳歸雲

戀帝里，金谷園林，平康巷陌，觸處繁華。連日疏狂，未嘗輕負，寸心雙眼。况佳人、盡天外行雲，掌上飛燕。向玳筵、一一皆妙選。長是因酒沈迷，被花縈絆。　更可惜、淑景亭臺，暑天枕簟。霜月夜凉，雪霰朝飛，一歲風光，盡堪隨分，俊游清宴。算浮生事，瞬息光陰，錙銖名宦。正歡笑，試恁暫時分散。却是恨雨愁雲，地遥天遠。

## 拋球樂

曉來天氣濃淡，微雨輕灑。近清明，風絮巷陌，烟草池塘，盡堪圖畫。艶杏暖、妝臉匀開，弱柳困、宮腰低亞。是處麗質盈盈，巧笑嬉嬉，爭簇鞦韆架。戲彩球羅綬，金鷄芥羽，少年馳騁，芳郊緑野。占斷五陵游，奏脆管、繁弦聲和雅。　向名園深處，爭柅畫輪，競羈寶馬。取次羅列杯盤，就芳樹、緑陰紅影下。舞婆娑，歌宛轉，彷彿鶯嬌燕姹。寸珠片玉，爭似此、濃歡無價。　任他美酒，十千一斗，飲竭仍解金貂貰。恣幕天席地，陶陶盡醉太平，且樂唐虞景化。須信艶陽天，看未足、已覺鶯花謝。對緑蟻翠蛾，怎忍輕捨。

### 集賢賓

小樓深巷狂游遍，羅綺成叢。就中堪人屬意，最是蟲蟲。有畫難描雅態，無花可比芳容。幾回飲散良宵永，鴛衾暖、鳳枕香濃。算得人間天上，惟有兩心同。

近來雲雨忽西東，誚惱損情悰。縱然偷期暗會，長是怱怱。爭似和鳴偕老，免教斂翠啼紅。眼前時、暫疏歡宴，盟言在、更莫忡忡。待作真個宅院，方信有初終。

### 殢人嬌

當日相逢，便有憐才深意。歌筵罷、偶同鴛被。別來光景，看看經歲。昨夜裏、方把舊歡重繼。

曉月將沈，征驂已鞴。愁腸亂、又還分袂。良辰美景，恨浮名牽繫。無分得、與你恣情濃睡。

## 思歸樂

天幕清和堪宴聚。想得盡、高陽儔侶。皓齒善歌長袖舞。漸引入、醉鄉深處。　晚歲光陰能幾許。這巧宦、不須多取。共君把酒聽杜宇。解再三、勸人歸去。

## 應天長

殘蟬漸絶。傍碧砌修梧，敗葉微脱。風露凄清，正是登高時節。東籬霜乍結。綻金蕊、嫩香堪折。聚宴處，落帽風流，未饒前哲。　把酒與君説。恁好景佳辰，怎忍虚設。休效牛山，空對江天凝咽。塵勞無暫歇。遇良會、剩偷歡悦。歌聲闋。杯興方濃，莫便中輟。

## 合歡帶

身材兒、早是妖嬈。算風措、實難描。一個肌膚渾似玉，更都來、占了千嬌。妍歌艷舞，鶯慚巧舌，柳妒纖腰。自相逢，便覺韓娥價減，飛燕聲消。　桃花零落，溪水潺湲，重尋仙徑非遙。莫道千金酬一笑，便明珠、萬斛須邀。檀郎幸有，凌雲詞賦，擲果風標。況當年，便好相携，鳳樓深處吹簫。



## 少年游

長安古道馬遲遲，高柳亂蟬栖。夕陽鳥外，秋風原上，目斷四天垂。　歸雲一去無踪迹，何處是前期。狎興生疏，酒徒蕭索，不似去年時。

圖書在版編目（CIP）數據

樂章集 / （宋）柳永著. — 揚州 ：廣陵書社，
2011.6（2016.3 重印）
（文華叢書）
ISBN 978-7-80694-710-4

Ⅰ. ①樂… Ⅱ. ①柳… Ⅲ. ①宋詞－選集 Ⅳ.
①I222.844

中國版本圖書館CIP數據核字（2011）第121197號

ISBN 978-7-80694-710-4

9 787806 947104 01>

樂章集

著　　者　（宋）柳　永
責任編輯　王志娟　張　敏
出 版 人　曾學文
出版發行　廣陵書社
社　　址　揚州市維揚路三四九號
郵　　編　二二五〇〇九
電　　話　（〇五一四）八五二二八〇八八　八五二二八〇八九
印　　刷　揚州廣陵古籍刻印社
版　　次　二〇一一年六月第一版
印　　次　二〇一六年三月第二次印刷
標準書號　ISBN 978-7-80694-710-4
定　　價　壹佰貳拾圓整（全貳冊）

http://www.yzglpub.com　E-mail:yzglss@163.com

# 樂章集

宋·柳永 著

廣陵書社
中國·揚州